文芸社セレクション

季野秋姫の本

季野 秋姫
KINO Aki

文芸社

かえるの王子

咲季は嫌がって　走って逃げていた。さっきからずっと　大きなかえるが　ゲコゲコとついてくるのだ。もう少しで自宅アパートに着く。それまで咲季は　ハッハと走り続けた。
（ママ　たすけて）
アパートの前で咲季は後ろを振り返った。誰もいない。かえるもいない。
咲季は静かに階段を上って２Ｆの自宅アパートの部屋の鍵を開けた。誰もいない部屋　ママがまだ帰ってこない。
咲季は今日　学校のクラスメイトの女の子達３人と近くの公園の花時計を見に行っていた。いつも意地悪な３人が　急に気がついたようによそおって　咲季を誘ったのだ。咲季は嬉しかった。行きの　学校からの帰り道　公園に寄り道するのも楽しかった。
午後４時　太陽はかたむいていたが　花時計

は綺麗だった。よく手入れされたポピーの花。咲季は夢見がちな子で　うっとりと花にみとれていた。
　　　　華やかな少女の群れに
　　　　　蝶はたわむれ
　　　　ただよいのぼる花の香りによいしれる
最近はやりの　歌の歌詞を口ずさんでいる間に３人の女の子達は帰ってしまった。途方にくれる咲季の後ろを　かえるがついてくるのだ。
　　　　咲季は逃げた。
部屋にいる咲季に　かえるが話しかける。
（また　いじめられたんだろ）
咲季は泣く。また　かえるだ。
（おまえ　昨日　オレに言ったことを思い出せ）
咲季は昨日　クラスの男の子に告白されていた。咲季は嬉しかった。それでおちゃらけて言った。
（池のかえるになってくれたらつきあう）

かえるは言う。(おまえオレいないとだめ
じゃない)
咲季は言う。(かえるはイヤ。キライなの)
かえるは言う。(契約違反だろ)
咲季は言う。(かえるはイヤ)
かえるは言う。(おまえ　オレのこと好きか?)
咲季は言う。(好きよ。でもかえるはイヤ)
かえるはゲコゲコと笑う。
(そうだと思った)
かえるはゲコゲコと笑う。
(明日　学校で会おう。咲季)
かえるはゲコゲコと帰っていった。
　　　ママ　早くかえってきて
咲季はどきどきしていた。
　　ママが帰ってきたら言わなくちゃ。
好きな子ができたの。かえるくんなの
明日　学校に行って　かえるくんに会うの。
私　あのこに言わなくちゃ。
(ね?ママ?)私　大好きって言わなくちゃ

（元気を出してね）

失敗しちゃったね。
でも落ち込んだり　人を責めたりして　自分を失うことはやめて下さい。
それより（どうしてこうなったんだろう）とか　静かに考える時間をもち　（自分を見つめて下さい）（自分を信じて自分自身と闘って下さい）
でもでも相手にせず　スルーすることで手に入るものもあるので（ケース　バイ　ケース）でいきましょう。
つらい時こそ　希望を求めて顔を上げましょう。心と意識を上向きにして下さい。

すごくわがままで
素直な子が好き
誰でも彼女が
　　好きじゃないかな
　　ペンネーム　きのあき

思い出

あなたが大人になるまでの短い間
私が生きていられなかったとして
あなたには悲しんでほしいのではなく
私に　ただ
（ありがとう）という言葉を求めたとして
何の悪いことがあるのでしょう
私が古い１つの物語の結末のように
私を葬ることの善し悪しではなく
（ありがとう）を思い出してほしいとして
何の悪いことがあるのでしょう
私があなたにかけた優しさと
１つ１つの言葉を思い出してほしいとして
何の悪いことがあるのでしょう
私に何か悪いことがあるのだとしたら
私があなたを　平手で　ぶった思い出ですらなく
私を忘却してほしくないと思うこと

まだ若いあなたに
忘却してほしくないと思ってしまう
そんな気持ちにあるのかもしれません

子を持つ親より

あなたが落ち込んだときには
どうか　私を思い出して下さい。
幼いあなたが　私を頼りなく思うときが
あるかもしれないのだけど
私はそれでも　あなたの親なのだから
あなたの悩みの出口が解るのです
あなたのかかえる問題は
あなた自身がアクションをおこして
解決するのが良いでしょう
でも私はあなたの親だから
何か相談してくれたり
私があなたにアドバイスするチャンスも
私には欲しいのです
暗い部屋に自分を追い込んで
１人悩むあなたの背中には
白い羽が生えて　いつかあなたも
飛べるようになる日が来るでしょう

でも　それまでの短い間
それでも私は　あなたの親として
あなたの　そばに　いたいのです

空域の点

　白い月が残る　星空
　朝焼け　星が消える　朝が動く
　白い月　昼の空
　青空の　高いところに　残る半月
　上弦の月が　空に残る
　月　動いて
　葉の落ちる　秋の　桜の枝
　月が枝にかかり　落ちないように

　白い月と　桜の枝の間に
　小さな飛行機と　飛行機雲が
　白く真っ直ぐに　とおって
　美しい空の　空域を　彩る
　白い月よ
　烏が　桜の枝に　とまり
　枝がゆれて
　白い月が　はずれ

月　雲　桜の枝　烏が　美しい
夕日に　染まりだした　空の赤い色
天空を彩る　夕暮れ

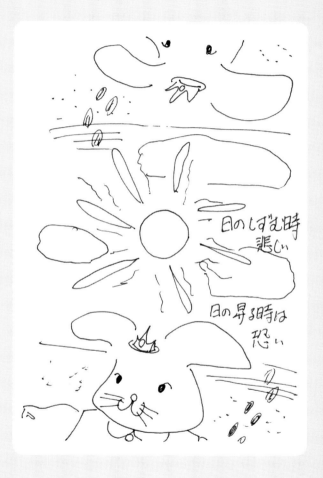

夜空を わって
　　光が射す

神様のくれる1日がある

　　ペンネーム きのあき

（いっしょに帰ろうか）と　誘われて　ふゆは（ゴメンネ）と１人で帰ることにした。（そうなんだ）と真紀は　ほかの３人と小走りに走っていった。

　ふゆは中学に進学してから　真紀と２人で学校から帰るのが常だった。人気のある　ふゆは　中１の最初から　友達が５人くらい出来ていた。

　真紀はそんな　ふゆの　友達を　１人　盗んだ。ふゆの親友っぽい　ちか　を　公然と盗んで　友達になり　真紀はふゆに（ゴメンネ）といってちかと　２人で学校から帰ることにしてしまった。芋づる式で　ふゆの友達は１人もいなくなってしまった。

　今日　いっしょに帰ろう　と　声をかけてきた真紀と　３人は　もともと　ふゆの　友達だった。ふゆは　真紀を　憎んだ。

　（元気？　大丈夫？）と声をかけてくれる友達が　ふゆには　１人いる。ふゆの　ふゆだけの　友達ではないけど　１人だけ。ふゆに

は　大切な思い出だった。
盗んで食べる　嘲笑う言葉　ほど　旨い食べものは無いね？　自覚？　してるさあ。

さいわいな　ひと

（本当の友達になってほしい）
あの時の誰かに言われた事を
思い出します。
神様
私には理解できなかった
幸せすぎた　人生の若かりしころです
（友達）
と　あの時の誰かに言われた時
神様
私は　友達は　その場その場でチェンジして
いくものと言っていました。
（大嫌いな人）
あの時の友達が　私を捨てた時
神様
私は　ただただ　ふてくされていました。
（大切な人）
今、１人の友達に言われるようになり

（大切）
今、１人１人が　少ない人たちでも
言ってくれるようになり
神様
私は　愛されているなあと　心しています。

真夏に吹く風

振り向いた目が　少し　細められる
新月よ
刃のようだよ
まず　目が気に入った
声を聞いた
年相応に若い　そして深い
深海のようだよ
次に　声が気に入った
意外に　手
美しい　白魚のよう　手
握手してみると　熱い
力強い　手応えのある手
目　声　手　好きだよ
案外　髪が気に入らない
つやのない　白い髪
君は誰　君は誰
風のよう　真夏に吹く　冷たい風のよう

料金受取人払郵便

新宿局承認

2523

差出有効期間
2025年3月
31日まで
(切手不要)

郵 便 は が き

1 6 0 - 8 7 9 1

1 4 1
東京都新宿区新宿1－10－1
(株)文芸社
　　愛読者カード係 行

ふりがな お名前				明治　大正 昭和　平成	年生　　歳
ふりがな ご住所	⬜⬜⬜-⬜⬜⬜⬜				性別 男・女
お電話 番　号	(書籍ご注文の際に必要です)		ご職業		
E-mail					
ご購読雑誌(複数可)				ご購読新聞	新聞

最近読んでおもしろかった本や今後、とりあげてほしいテーマをお教えください。

ご自分の研究成果や経験、お考え等を出版してみたいというお気持ちはありますか。
　ある　　　　ない　　　内容・テーマ(　　　　　　　　　　　　　　　　　　　　　)

現在完成した作品をお持ちですか。
　ある　　　　ない　　　ジャンル・原稿量(　　　　　　　　　　　　　　　　　　　　　)

書　名	
お買上 書　店	都道　　　　　市区　　書店名　　　　　　　　　　　　　書店 府県　　　　　　郡　　ご購入日　　　　年　　　月　　　日

本書をどこでお知りになりましたか？
1. 書店店頭　2. 知人にすすめられて　3. インターネット（サイト名　　　　　　　　　）
4. DMハガキ　5. 広告、記事を見て（新聞、雑誌名　　　　　　　　　　　　　　　　　）

上の質問に関連して、ご購入の決め手となったのは？
1. タイトル　2. 著者　3. 内容　4. カバーデザイン　5. 帯
その他ご自由にお書きください。
（　　　　　　　　　　　　　　　　　　　　　　　　　　　　　　　　　　　　　　　）

本書についてのご意見、ご感想をお聞かせください。
①内容について

②カバー、タイトル、帯について

弊社Webサイトからもご意見、ご感想をお寄せいただけます。

ご協力ありがとうございました。
※お寄せいただいたご意見、ご感想は新聞広告等で匿名にて使わせていただくことがあります。
※お客様の個人情報は、小社からの連絡のみに使用します。社外に提供することは一切ありません。

■**書籍のご注文は、お近くの書店または、ブックサービス（ 0120-29-9625）、
セブンネットショッピング（http://7net.omni7.jp/）にお申し込み下さい。**

アハハ　と　笑う
それでも　好き　私の好きな風のように

薔薇の香り

　薔薇園の入場券を買った。明日行く予定だ。
　幻覚を見た。幻覚は　あるはずのない　薔薇の香りからはじまった。薔薇は　一斉に花開き　香りがかおりを呼び　私はいつしか薔薇園にいた。
薔薇の花の中には　彼がいた。決して届くはずのない　彼では　あった。たしかに　彼であった。
　彼は　私に心をひらかなかった。それもあたりまえで　あった。
　彼は外国であった。
　彼には　私に　永遠に心をひらかない　理由もあった。私は　国で　あった。彼は　外国で　あった。彼は　以前　貧しい国であったが　成長するにしたがって　美しい青年に成長していった。髪はやがて　純金になり肌は　陶磁器のように　つややかであった。

私は　国であり　相変わらず　ひたいに汗して　働く国であった。
　薔薇園には　明日行く予定だ。今日は　花に恋する日だ。

キャンデーと僕

　ある日　お母さんが　僕のてのひらにキャンデーを１つ握らせて　僕の部屋を出ていった。髪型を整えて　見たこともないくらいのワンピースを着て　僕の家を出ていった。そして　僕は２０年間　お母さんを忘却して生きていた。
　僕が２３歳くらいのとき　僕のお母さんの名前をもった女の人が死んだ　その名前の女の人の子供から　手紙が来た。僕は　知らないし　と思っていた。その女の人の子供は僕に会いたいと言ってきた。会うつもりはないし　と思って返事を出さなかったのに。彼は僕に会いに来た。
　私立の奇麗なブレザーを着て　彼は来た。コンビニの制服を着た僕の所に来た。
　彼は　僕のお母さんの財産の分配の話で来た。僕は　知らないし　要らない　と言った。

彼は出ていった。まだ１８歳くらいなのにすごくイイ車に乗って出ていった。
　僕の中でお母さんという代名詞は　消えて変わりに　（あの女）という　代名詞に　変わった。

寒いと思ったら
　雪が降ってきた
　まだ陽の高い今
　まだ明るい空から雪が降ってくる

　　　ペンネーム
　　　　きのあき

鬼の面を
少しずらして
　節分豆を 食べる
　　　ペンネーム きのあき

ユンギくんの恋人

柚木(ゆぎ)が　ある日公園に遊びにいくと　水飲み場の水道があふれていた。柚木が何気なく水道を止めると　陰からもぐらの親子がでてきてサングラスをかけた。きくと　もぐら地下道に水が入ってきて　困っていたという。
（柚木北斗(ほくと)さん　あなたは１０００年前に日本で天皇の皇子として生きていた　大国主命の生まれ変わりです。おめでとうございます）
もぐらのお母さんの言うには　人間は誰でもある有名人の生まれ変わりである可能性がたかく　柚木北斗こそ大国主命の生まれ変わりであるというのだ。柚木は嬉しくなり　目が輝いた。
（大国主命って　うさぎを助けた人だよね？）
そうですと　もぐらのお母さんは言う。そして柚木に　水を止めてもらったお礼がしたいと言う。

（大国主命は助けたうさぎに　日本一美しいと言われる東北の姫　ぬながわ姫を紹介され結婚して生涯幸せな一生を過ごしました。柚木さん）
もぐらのお母さんの目が光る。
　（私は　ぬながわ姫の生まれ変わり　紀藤あいりちゃん１０歳を知ってます。柚木さんと同じ年１０歳です。会いたいですか？）
会いたいに決まってるよお　と柚木はもぐらのお母さんを両手でつつんでみた。
　（あいりちゃん１０歳は　コーラス部に入部していて　ソプラノです。かわいい声ですよ）
美しいの？　と柚木はきいてみる。
　（さすがに　ぬながわ姫の生まれ変わり。美少女で成績は中の上　セミロングの髪のきゃぴきゃぴのイマドキの女の子ですよ）
もぐらのお母さんは言う。
　（今から会いに行きますか？　もぐらの秘密地下道ですぐに会いに行けます。彼女は糸魚川の近くに住んでいて　今　市立公園で小犬

を散歩させている時間です。どうしますか？）
行きたいよお　今すぐに。と柚木は言う。もぐらのお母さんは
（目を閉じて　私の手を握って下さい。皇子様）
と　言われて　柚木はもぐらのお母さんの手を握ってみた。柚木は急速に自分が小さくなっていくのがわかった。もぐらの親子はぐいぐい進んでいく。地下道のトロッコにのっていく。
（さあ　目をあけて下さい）と言われ　目を開けてみると　そこは、流星の流れるような地下トンネルの出口だった。柚木は気づくと柚木の知らない町に立っていた。
　　５０メートル先に　綺麗な女の子が小犬を散歩させていて　こっちにくるのを柚木は見た。
柚木の気に入る女の子だった。

あいりがハッと気づくと見たことのない小学生の男の子が　こっちを見ている。あいりが気づいたことを知ると　男の子は電柱をクルリとまわると向こうに行ってしまった。背の高い　少し怖い感じのする男の子だった。何となく　クラスにいる　バスケ部の人たちみたいな　気の強い感じの男の子だった。
あいりは今年の夏　パパからお誕生日のプレゼントに　チワワの赤ちゃんを買ってもらっていた。今　秋がきてチワワは少し大きくなっていた。
小犬をつれて市立公園にはいると　あの子がいた。立ち止まっているあいりに　とまどうことなく小犬は先に行きたがる。彼は近づいてきて　急にしゃがみこむと小犬の頭をなではじめた。
　（あいり　小犬を飼ってるんだね？）
男の子は小犬を抱き上げると　立ち上がって言った。
　（ええっ？　あいりのこと知ってるの？

誰？　教えて？）男の子は笑いながら　こっちを向いた。人なつっこい感じの　感じの良い男の子だった。
（あのね、この子はチワワという犬で　名前はアトランタのアトラというの）
（アトランタなの？）と男の子はきく。あいりは嬉しくなって
（そうそう　アトラというの）と　あせって答えていた。
歩きながら話そうよ　と彼はいう。
オレは名前が柚木北斗　みんなはユンギと呼ぶよ。
と自己紹介をする。実は日本の大国主命の生まれ変わりで　伝説のぬながわ姫をさがしていたんだ。それが君　紀藤あいりなんだよ。
と話し始めた。言葉をしゃべる　もぐらの親子に教えてもらったんだし　あいりとオレが会えたことも真実なんだよ。
（本当？　本当のことなの？）
と　あいりは複雑な気持ちだったけど　嬉し

かった。
ユンギが素敵な男の子でよかった。今　しゃべってくれるだけで嬉しい。
（紀藤あいり　オレと友達になって下さい）
喜んで　友達だよ　と　あいりは言う。
（あいり　オレを好きなの？）好き？　今会ったばかりなのに。
あいりは　意外に素直に
（はい）と答えていた。喜びでいっぱいだった。

もぐらのお母さんは　子供のもぐらの手を握って（もう　そろそろ　いいでしょう）と２人の前にとびだした。
（おめでとうございます　カップル誕生です）
ユンギは小犬を　あいりに抱かせて　笑いかけた。
（今から　お２人を地下帝国の　翡翠広場におつれします。遊びに行きましょう）
いきたあい　と　あいりは小犬を抱きしめた。

（目を閉じて　私たちの手を握って下さい）
２人は静かに　小さなもぐらの手を握った。
２人は自分が小さくなっていくのがわかった。
光のトンネルをぬけて目を開けると　そこは
（翡翠広場につきましたよ）
目の前には蒼い翡翠の山があり頂から水が川のように流れていた。翡翠は不思議な光を放っている。
もぐらのお母さんは　翡翠の山から２かけの石をコンコンとけずって　手早くネックレスにして　２人にわたしてくれた。
子供のもぐらは（うまくやったね。こんなこと　めったにあるもんじゃないよ）と息せききって話しはじめた。
あいりは小犬をおろしながら　翡翠のネックレスを頭から首にかけてみた。青白い光があいりの手を透かしてもれてくる。
ユンギもネックレスをかけながら　自分より背の低い　あいりの頭に　そっと手をおいてみる。

もぐらのお母さんは　幸せそうな２人に　満足していた。
（帰りますよ。支度して下さい）
（やだあ！　もう少し幸せでいたい）
あいりと　ユンギと　もぐらの子供は　だだをこねはじめた。
地上では夕暮れの赤い空に　白い月がかかり初秋の美しい星が輝きはじめるころになっていた。

願いごと

私は１つのことを願い続けている
私が天に召される時は
私がすべてのことを　なしとげて
神様の前に
正しく立てるようにと願い続けている
私は神様に何を話そうか
私がどんな時も
希望を失わなかった時のことを話そうか
私がどんな時も頑張った時のことを話そうか
それとも私がくじけた時
泣いて眠りについたことを話そうか？
主は私に対し　何を喜んで下さるだろう
それとも　私が最も貧しかった時
１日の労苦を終えて
（しあわせ）と笑った時のことを話そうか？
神様は喜ばれるだろうか
私は１つのことを願い続けている

私が主に対した時

祈り

神様
祈りを私のくちびるに与えて下さい
あなたを賛美する美しい祈りを
私に与えて下さい
私はあなたに何を祈りましょうか
私に与えられたすべてを
感謝することを教えて下さい
私のたどった道が
すべて正しかったと言えるように
私に悔い改めて　生きることを教えて下さい
神様
日々のすべてのことがらを
愛する気持ちを与えて下さい
そして　人生を生きるためのすべてにおいて
神様と生きる生き方を　与えて下さい

爪を切る
　切りすぎて痛いや
爪をたてて傷つけたい人間は
　いないしな
　　　　ペンネーム きのあき

イエス・キリストに花を

誰も知らない
誰にも知られない神に　花を手向ける
高い時系列の中で
あなたの中で　あなたのためだけに
花を手向ける
天球が少しずつ
でも確実に回り続け
太陽や月や星
天にたなびく白い雲や
雨や風や光など
すべてがあなたによって作られたモノで
あるにもかかわらず
私たちはあなたを知らずに生きています
誰も知らない
誰にも知られない神に　花を手向ける
高い時系列の中で
あなたのために

あなたのためだけに　花を手向けよう

怒り

逆鱗(げきりん)に触れてくるあいつ

無視してやるのに

私に嫌われてるよと言ってやるのに

ペンネーム
きのあき

あなたが
　　本当は
良い人間とわかって
　嬉しかったの
ありがとう
　　　　ペンネーム きのあき

神様のこと

牧師さん達は　神様のことを
（お父様）お父様と呼びなさいという
お父様
神様をお父様とは呼びたいな
なんだか隣にいて下さるみたいです
本当はね　実の父親が嫌いだったの
でも神様がお父様になって下さるので良いです
お父様
私は地球には住みづらい
けれども私は地球にしか住めない
私の心の病気を治して下さい
お父様
私の心の中で陽の沈む時　悲しい
私の心の中で陽の昇る時　怖い
お父様
私の心の中で　次に　陽の昇る時は

正しい場所から昇らせて下さい
神様の正義の正しい場所から
陽を
太陽を　義の太陽を昇らせて下さい

シンデレラ姫の夢

　お母さんを亡くしたばかりのシンデレラは泣いていた。２人目のお母さんが嫌いだった。何かというと勉強しなさいと言う。２人目のお母さんの目が嫌だった。深い湖のような黒。シンデレラは本当のお母さんの明るい茶色が好きだった。
　でも本当は？　本当はニセモノだから。シンデレラは２人目のお母さんのことを"ニセモノのお母さん"と呼んでいた。心の中でだけだけど。シンデレラは枕をかかえて、よく泣いていた。12歳の多感な娘だった。
　シンデレラ姫、彼女は引っ越したばかりの新しい小学校で、そう呼ばれていた。本人はイヤではなかったが、本当はイジワルな同級生が、そう呼んでいた。新しいクラスで、１人ぼっちのシンデレラは、よく泣いていた。担任の先生にやさしく「どうしたの？」とき

かれても「わからないです」と答えていた。どうやってかくしても、人には「お母さんにイジメられているらしい」とウワサされるようになってしまった。

　クラスには王子と呼ばれる男の子が1人いたが、王子はシンデレラはかわいそうだけどボクはおちかづきになるのは嫌だなと言っていた。でも、王子の目に冬のトレーナーに、ジーンズ姿のシンデレラは、そんなに悪くはうつらなかった。

　ある日、休み時間にシンデレラが床を、ぞうきんでふいていた。みんながしらん顔している時、クラス委員の女の子が1人、理由をききに行くのをみんなが見ていた。王子は少し気になった。本当のシンデレラみたいじゃない？　そんな気がして、王子はクラス委員の女の子にききに行った。彼女は活発に「彼女、絵の具こぼしたんだってよ？」と言って仲間の所に走っていった。王子は絵の具？と思って机の上の絵を見た。なにげなく見る

と、上手い。王子はとっさに声をかけた。
「君、絵が上手いね。猫、上手じゃない？」
　シンデレラは王子をふりむいて、笑いかけた。くったくのない笑顔は、感じが良かった。王子は、はじけるように笑い返した。今、小学６年の３学期だもん。シンデレラ姫との思い出、少し出来て良かった。彼女が本当は良い子だと解って良かった。友達になれて、本当に嬉しい、そう思った。
　さて、２月に入ると６年生は卒業式の練習に入った。王子は首席だったので、卒業生の代表になった。
　シンデレラには２人、友達が出来ていて、その２人は、あまりたちの良くない、イジワルな娘だった。王子は少し気になっても、シンデレラが１人ぼっちのままでいるよりは良いんじゃないかな？　と思っていた。
　友達２人は、背の低い、すこしフリルのついたスカートをはくタイプの女子で、ジーンズをはいて、スラリと背の高いシンデレラの、

こういっては何だけど、ひきたて役のようになっていた。女子２人はシンデレラに、スカートをはくように、とか、かざりのないトレーナーをやめて、手あみのセーターにするべきだとか、なんくせをつけていた。シンデレラはそんな時、下を向いて一言もしゃべらなかった。シンデレラには、自分を変えない、主義のような所があり、転校して１ヶ月もたつんだし、弱い子じゃない、キツイお姫さまだということが、クラス中で理解されていた。それにつれて、イジメられてる？　とかいうウワサもなくなっていった。
「まさか卒業式にズボンじゃないでしょ？」女子２人がかわるがわる言っているのをきいて、王子は少し声をかけた。「彼女、イヤがってるじゃない？　やめてあげたら？」王子は少しキツイ顔をしてダメだよ、と言った。女子２人は急にウルウルしはじめて、言った。「かわいそうじゃない？　お母さんにイジメられてるのよくわかるじゃない。卒業式くら

い、かわいいカッコさせてあげたいじゃない？」「でも、いやがってるじゃない」王子がしゃべっていると、シンデレラは顔を上げた。ニコッとすると、嬉しそうに言った。「卒業式の服は、昨日お母さんと買いに行ったの。グレーのスーツ買ってもらったから」シンデレラは少しはずかしそうに笑ってみせた。「だから大丈夫だよ」

　王子は少しためらいがちにきいてみた。「お母さんにイジメられてるって本当なの？」シンデレラは言う。「２度目のお母さんだから嫌いな所あるけど」シンデレラは言う。「毎日、手づくりのおかず作ってくれるし、いっしょうけんめいだし」シンデレラは言う。「少しずつ好きって気持ちも持てるようになったの。だから今は大好き」王子はきく。「本当のお母さんは死んじゃったの？」「うん」と、シンデレラは言う。「本当のお母さんは今はいないけど、いつか必ず私が産んであげる。産まれてくれるって信じてるし」

シンデレラは、まぶしく笑う。「だから、私、大丈夫だよ」と、笑った。

薔薇の花びら

　正月、祖母の家に遊びに行くと、女の子のいとこたちだけで、おばの部屋で遊ぶのがつねだった。おばは私と血がつながっていない、およめさんだった。彼女は体が弱く、いつも自分の部屋から出てこなかった。おばの部屋に遊びに行くと、今年は白い紙ねんどを用意してくれていた。いらなくなった、古いまな板の上で、私たち３人のいとこは、それぞれ思い思いのものを作りはじめた。
　私は、「花がいいな。バラ作ろう」と、ひとりごとを言って、ねんどを丸くまとめはじめた。
「ダメ、ダメ」と、小さな声でおばが言う。
「バラを作るなら、花びらから作らないと」おばは少し笑う。「花びらを12枚作って、それをまとめると、バラの花になるんだよ」
おばは、小さな声で笑いながら、小さな丸い

ねんどを、親指でクイッとつぶした。小さな花びらが1枚できた。「おもしろい」私は夢中で花びらを作りはじめた。
12枚の花びらは、まとめると本物のバラの花のようだった。
　部屋を出て、母に見せに行った。母は「すごいすごい」と、キャッキャッと喜んだ。母は、おばが嫌いだった。私は、おばに教えてもらったとは言わなかった。母は「あなたには才能があるのよ」と喜んで言った。祖母もやってきて、本物のバラのようだと言った。私は少しあいまいに笑って、そうかなあと言っていた。おばが2階から下りてきて、台所に消えていくのを見ながら、私たちはテレビをつけて、最近、結婚したタレントの話へとうつっていった。皆はおばがいないかのようにふるまっていた。

わたしの心
どこかで傷ついているのに
私にだけわからない心
理解しているよと言っては
理解はしたくない心の私

ペンネーム
きのあき